KB107044

누항사

박성우 시집

불교문예

입안의 혀도 물린다는데
어데 맘대로 되는 게 있던 가예
······
나는 또 이래
한고비 우째우째 넘어갑니다.

2020년 8월
박성우

차례

제2부

제3부

제4부

제1부

공가의 분자론

공씨 성을 가진 고향 친구를
우리는 어릴 때부터 공가라고 불렀다
친구도 어른이 되고
고향을 떠나 여기저기 떠돌다
거제도 어느 조선소에
가늘고 여린 뿌리를 힘들게 내렸다
몇 번의 협력업체를 거치며 알뜰살뜰
가정도 이루고 살가운 새끼들도
둘이나 키우는 건실한 가장이 되었다

친구는 고향 창녕에 가정을 두고
거제에서 혼자 생활을 했는데
그렇게 바쁜 친구도 모임이 있는 달이면
우리들에게 아쉬운 소리를 하곤 했다
주말도 없이 달에 두 번 쉰다는 친구는
그 이틀이 눈치 보여 다 쉴 수 없다 했다
어떤 가장이 오작교 같은 다리를 건너

한 달에 한 번 만났다 헤어지냐고 설핏
희미한 웃음을 수화기 너머로 보내왔다

무엇을 나눌 때
나누다 나누다 더는 나눌 수 없으면
그게 분자라고 우리는 배웠다
창녕으로 가면 우리를 만나지 못하고
우리를 만나면 알토란 같은 아이들이
무서리처럼 서걱이며 밟힌다는데 우리는
울컥울컥 오르는 설움도 너무 사치스러워
공가야! 공가야!
밥 잘 챙겨 먹고
아프지 말고……
아무도 그 흔하던 욕을
한마디 툭 뱉지 못했다.

구루마의 장지葬地

구루마[車]가 수레라는 것을
나는 두 번째 외국어로
일어를 선택하고서야 알았다
한 가정의 흥망성쇠를 실어 나르던
그에게 세월은 너무 큰 짐이었을까?
이미 그때 구루마는 생을 다한 듯
두 다리가 가랑이져 있었다

푹 꺼진 가랑이 사이로
붉은 핏빛이 몇 개 묻어 있었다
끝끝내 버티던 세월의 흔적인가 보다
산다는 것은 모두 그렇게
어딘가로 무엇을 옮기고 차곡차곡
몸에 흔적을 새겨 가는 것
구루마의 두 다리는 누구보다
그것을 잘 알고 있었나 보다

그런 구루마에게 우리는

두 다리를 뻗고 편히 쉬라고
장지葬地를 하나 선물하기로 했다
길이라는 길은 어디나 씽씽 내달렸던
그 터질 듯한 청춘의 한순간과
풀이라도 한 짐 싣고 돌아오면 종일
나를 따라다니던 그 싱그런 풀내까지
볕이 고운 언덕배기 아래에서
살갑게 오손도손 함께 살아가라고
세월의 순서대로 살며시 포개주었다

향을 피워 올린 듯 풀풀
먼지가 흩날리는 동안 나는
구루마보다 더 나은 이름을 생각하였다
한참을 그렇게 멍하니 섰다가
내가 내 이름으로 어제를 살아왔듯이 구루마도
옛날의 그 이름 그대로 살아가라며
말없이 인사를 하고
집으로 천천히 돌아왔다.

맹자의 인생론

딱히 돌아볼 것도 없는 내 삶을
오늘 한 번 찬찬히 둘러보았다
어디 내세울 것 하나 없는
그저 그런 작은 생이 하나 내 앞에 섰다

그렇게 나는
내 삶을 쓸쓸히 돌아보며
이웃 나라의 맹자를 생각하였다
생을 사는 데에는
세 가지 즐거움이 있다는데
부모형제가 무탈한 것과
하늘을 우러러 부끄럼 없는 것과
천하의 인재를 얻는 것이
그 즐거움의 전부라는데 나는
생각의 끈을 밤새 조금씩 풀어 가다
문득 하늘을 우러러 부끄러운 것이 없고
고향에 계신 부모와 무탈한 형제까지……

어쩜……
내가 그런 생을 사는 게 아닐까 생각하였다

그러나
마지막 하나를 끝끝내 찾지 못해
생각의 끈이 힘없이 탁 끊겼는데 순간
큰 애에게 가르치는 글쓰기의 즐거움이
어찌 작은 것이라 할 수 있나
천하의 인재가 왜 멀리 있단 말인가
이런저런 내 사소한 일상들이
우르르 몰려오는 것이었다
그렇게 다 태우고 갈 내 남은 생을 생각하며
나는 밤새 몇 번이나 호기롭게 웃었다.

명자나무

해마다 봄이면
동창회라고 한 주가 분주하다
올해는 비슬산 자락 어느 식당에서
상기된 얼굴로 우리는 만났다
취기에 모가 났던 세상이 제법
부드러워지고 있을 때였다 누가
배시시 웃는 얼굴로 방문을 연다
사내들 몇이 어…어… 하는 사이
옛날이 조금 남은 얼굴을 알아보고
누군가 큰소리로 친구를 불렀다
명자구나
나는 취기에 몰려 끄트머리 구석에서
벽을 기대고 있다 천천히 몸을 세웠다
성주골 그 골짜기 촌구석에서
어린 동생을 업고 살던
다 가는 고등학교를 못 가고
어린 나이에 마산으로 돈 벌러 갔던

그 먼 타지에서 어린 티 안내려고
화장을 제일 먼저 배웠다는 명자가
어디에다 내렸는지 어린 동생을 내려놓고
배시시 웃으며 우리 앞에 앉는다
잔이 몇 번 돌고 이리저리 자리가 섞이다
어느새 내 앞에 다소곳하게 앉은 명자에게 나는
지금도 탱자나무를 명자나무라고 부른다 그랬더니
어린 명자가 또 한 번 배시시 웃는다
잘 자라주어서 고맙다고 한잔
잊지 않고 찾아줘서 고맙다고 또 한잔
그날 나는 산으로 들로 어린 동생을 업고 다니다
산업역군으로 절체절명의 이 나라를 구한 어린
명자와
밤새 몇 번이나 잔을 짠하고 부딪혔다.

문을 닫는다는 것

그래 그래

알았다 하고 그냥 돌아설 수밖에

알았다는 듯 그저 고개나 한번 끄덕이고

천천히 문을 닫고 돌아설 수밖에

아내는 일어서며 한 번

천천히 돌아서며 다시 또 한 번

끝내 아이를 놓지 못하고 문 앞에 섰다

어디 마른자리라도 찾고 있는지

입에 맞는 거라도 몇 개 챙기고 있는지

멀리 있는 아이에게 자꾸자꾸

뭘 건네주는 시늉을 한다

문을 닫는다는 것

내가 있는 세상과 니가 있는 세상이

서로 다른 안과 밖을 갖게 된다는 것

우리가 없는 세상에 딸깍

너를 홀로 남겨 두고 아내가

문밖에 서서 어깨를 떨며 운다

우리의 일상이 그러하였듯이
그저 밥이나 할 술 뜨면 서로의
안녕을 주고받았듯이
오늘도 그저 그렇게
아무 두려움 없이 저 문을 닫고
천천히 돌아설 수밖에

바람벽 앞에서

한 사내의 생生이
하얀 바람벽 앞에 섰다 몇 개의
작은 생들이 그 곁에 나란히 서서
그 벽을 물끄러미 바라보고 있다
바람벽은 생을 다한 듯
오래된 벽화처럼 고요하였다 나는
바람벽의 끝으로 가 오랜 시간 굳게
닫혀 있던 쪽문을 살며시 열어 보았다
그 안에는 다시는 돌아갈 수 없는 풍경들이
어둠 속에 켜켜이 쌓여 있었다
나는 그 풍경들을 하나둘 열어 보며
크고 작았던 일들을 생각하였다
그까짓 한 줌도 안 되는 것들은 이제
저 어둠 속에 다 묻어 두고 싶었다 다만
우리에게 무엇이든 순서대로 건네주던
작은 손을 하나 어디 깊은 곳에 새기고 싶었다
뭉툭하니 거칠었던 손마디며

작은 어깨에 동그랗던 얼굴까지 세상 어디
낯선 시간 앞에서도 절대 잃어버리지 않도록
가슴 깊은 곳에 크게 하나 새기고 싶었다
그러다 문득
나 또한 먼 길을 돌고 돌다
다시 저 하얀 바람벽 앞에 서면
내 곁에 나란히 선 다른 생들에게
바람벽처럼 묽게 바랜 우리의 가계家系를
밤새 도란도란 얘기하고 싶었다.

바비도*
-김용균님

봉제 직공 바비도는
자신의 믿음을 위해
당당히 불꽃이 되었다

대설이 지나간
창밖은 차고 쓸쓸하다
창을 열고 환기를 시키는 사이
스물네 살의 청년이
아침 뉴스에 지나간다
그는 태양계를 벗어나
성간 여행을 떠났다는 어느 우주선과
앞으로 절반의 직업을 대신할 거라는
AI 사이에서 턱 하고 걸려버렸다
그렇게 대한민국의 스물네 살 청년이
밤처럼 까만 컨베이어벨트에
한참을 걸려 있다

몇 초마다 닫힌다는 그 공간에서
청년은 무엇을 찾고 있었을까
자본이 만들어 놓은 어둠 속에서
우리가 끝내 틔우지 못한
꽃씨를 하나 찾고 있었을까

다시 우리는
광장으로 나설 것이다
촛불을 들고
구호를 외치며
그 옛날 봉제직공 바비도가
자신의 믿음을 향해 걸어갔듯이
다시는 이 땅의 청춘들이 부서지지 않도록
강철로 된 외투를 향해 걸어갈 것이다.

* 1956년 제1회 동인문학상 수상작명(김성한 作)

소금꽃

석구가 죽고
금 간 하늘 밑에서
우리는 우리의 슬픔이
무엇인지도 모른 채 울고 있었다

슬픔은 산 자에게 남겨진
한 덩이의 찬밥
우리는 찬밥을 고봉으로 담듯
꾹꾹 슬픔을 누르며
말없이 만장을 따라 걸었다

세상 시름 이제야 벗어 놓은 듯
친구의 이름이 펄럭이고 있었다
다 태우고 돌아서야 한다는데
아무것도 남기지 않고 날려 보내야
먼 길 가는 걸음이 가볍다는데……

골목을 돌아 마당으로 들어서자
낯익은 농기구와 작업복들이
하얀 소금꽃으로 피어 있었다
우리는 이것저것 순서도 없이
그 하얀 꽃송이들을 거두어
불길 속으로 던져 주었다
때 절은 운동화와 작업복들이 건너가고
우리들이 끝끝내 지키지 못한 것들이
인사를 건네며 어디론가 하나둘 건너갔다.

스텡*

살림을 날 때
뭘 하나 들고 가야 된다 길래 나는
잠깐의 고민도 없이 부엌으로 가
오래된 스텡 그릇을 하나 들고 나왔다
모두에게 자랑하듯 높이 들어 보이고
그릇을 신문지에 둘둘 싸고 있는데
어머니는 요즘 누가 그런 거 쓰냐고
더 좋은 거 세상천지에 널렸다고
몇 번이나 손사래를 치셨다

나는 그 스텡의 힘을 알고 있다 누가
세상 억울함에 울음이라도 터트린 날이면
수저를 놓으시고 돌아선 아버지 자리를
그 밥공기가 댕댕 울음 울며 지키곤 하였다
여기저기 덜어 주고 늘 절반뿐이던 스텡
이제 나도 두 아이를 키우는 아비가 되고
그 스텡의 반은 영원히 채울 수 없다는 것과

누구나 아비가 되면 꾸역꾸역 누른 고봉의
무게를 견딜 수 없다는 것을 알게 되었다

집에서 게임하는 아이들처럼
나도 멋진 아이템을 하나 갖고 싶다
살아가다 세상 억울한 일을 만나거나
내가 어쩌지 못하는 슬픔 앞에 섰을 때
주머니 안쪽 깊은 곳에 넣어 두었다
그날의 스텡 같이 아이템을 하나 휙 던지면
댕댕 울음 울며 종일 나를 다독여 주는
그런 큰 힘을 하나 곁에 두고 싶다.

* 스테인레스

슬픔의 직조술織造術

부서지지 않으리라 나는
몇 번이나 다짐하며 집을 나섰다
병원은 성큼성큼 내게로 다가오고
걸음을 옮길 때마다 슬픔이 몇 개
막연한 두려움으로 척척
내 발목에 감겨왔다

슬픈 예감들을 뿌리치며
응급실 문을 열었을 때 나는
내가 살던 세상이 한순간
어떻게 무너져 내리는지
그 살 내 나던 풍경들을
우두커니 서서 지켜보았다

거기에는
고요를 먹고 살던 한 사내가
지친 듯 모로 누워 있었다

마른 불빛 아래에서 사내는
두 눈을 껌벅이며
가쁜 숨을 몰아쉬고 있었다
할 말이 있다는 듯
살던 곳이 아니라는 듯 간간이
빈손으로 허공을 젓고 있었다

이 슬픔은 어디에서 오는가
어디에서 나고 자라길래 이렇게
큰 걸음으로 성큼성큼 내게 다가와
내 모든 시간과 공간들을 열고 있는가
얼마나 더 크게 내 안에 자리를 잡으려고
씨줄날줄 부서지지 않는 직조술織造術로
내 남은 생들을 이렇게 촘촘하게
타닥타닥 마름질하고 있는가.

위대한 유산

어쩌다
양복이 하나 내 옷장에 걸렸다
한 번도 뵙지 못한 아버님께서
어느 날 아이보리색 양복을 하나
곱게 걸어 놓고 가셨다 여기저기
이사를 다니면서도 어머님은
차마 그 양복을 버리지 못하셨나보다
딸들 역시 세월만 그렇게
차곡차곡 그 위에 쌓았나보다
그러는 사이
살림살이는 조금씩 늘어 가고
사위들도 하나둘 분답게 들어오고
그런 것들이 흐뭇했든지 오늘 아침엔
아버님께서 나를 찾아와 인사를 한다
나도 거울 앞에 서서
그 인사를 반갑게 받으며
내가 둘째라는 것을 모두들

잘 먹고 잘 산다는 것을

그리고 무엇보다

몸도 마음도 건강한

딸을 주셔서 감사하다는 것을

잊지 않고 하나씩 말씀드렸다

그러다 또

아이처럼 투정을 부리며

처가에서 아쉬웠던 것들을

하나 둘 꺼내 놓았더니

아이고 이 사람아

그게 아니고

진짜 그게 아니고

껄껄껄

선한 웃음도 몇 번 주고받았다.

주검의 유산遺産

이 모든 재주는 어쩌면
내 몫으로 두고 간
그 주검의 유산遺産인지도 모른다
아이들은 주검의 주머니 속에서 때 절은
동전들을 꺼내어 사이좋게 나눠가졌다
이 골목 저 골목 그 동전들을 짤랑이며
세상과의 이별을 주위에 고했다

대 여섯 살
동전도 모르던 나는
그때 죽음이라는 것을 알았을까?
주검의 곁에 가지도 못했던 나는
그 차고 서늘하던 공기를 알았을까?
주검이 덮고 있는 가마니의 안쪽에는 내가
알지 못하는 무엇이 있다는 것을 생각하다
나는 며칠 크게 몸살을 앓았었다

이상하지

나는 왜 짤랑이는 그 동전은 싫다면서

주검의 재주들은 온몸으로 받아냈을까?

잔 술에 노래를 흥얼거리던

세상 여기저기 이야기들을 내게 모아주던

그 주검의 재주들은 너무 생생해

주검과의 적당했던 거리는 너무 생생해

나는 동전만 짤랑이면 문득

그 주검의 유산遺産이 내 글재주의

첫걸음이 아니었을까 하고

몇 번이나 생각을 하였다.

하얀 기억

타국에서 일하던 아들은
백수의 노모를 위해
몇 년 일찍 고향으로 내려왔다
튼튼하게 말뚝을 박고
울타리도 촘촘하게 둘러 밤낮으로
노모 곁을 단디 지켰다

세월이란 놈은 또
어찌나 영하고 날랜지
하루는 고샅을 질러 뛰더니
울타리를 훌쩍 넘어
노모 앞에 우뚝 섰다 한다

이리저리 날뛰던 그놈은
밭에 있던 인삼을 풀로 바꾸고
맘에도 없는 말들을
주위에 막 쏟아냈다는데

늙은 아들도 힘에 부쳐
그놈 앞에 털썩 주저앉았다는데

밤사이
그렇게 요란했던 시간들 다 지나고
말갛게 씻은 얼굴로 노모가 손님을 받는다
어렵게 생각하지 말고 이리 와요
엄마라 생각하고 한술 잡솨 얼른
기어코 기어코……
소같이 둔한 나를 털썩 주저앉힌다.

마른 시누대처럼

큰 아이가 물었다

아빠 꿈이 꾸다의 준말인 거 알아?

마른 시누대가 찬 겨울 속에서도

푸르름을 잃지 않듯

지리멸렬한 삶 속에서 그래도

살아야재 하고 나를 다독일 수 있는 건

날 닮은 두 아이가 나를 더 닮아가는

모습을 물끄러미 지켜볼 수 있기 때문이다

마른 시누대가 바람에 서걱이듯

아이는 총총걸음으로 내게로 와

내 몸에 제 몸을 스르르 누이며

파란 새순같이 무른 두 발을

마른 내 무릎 사이로 넣으며 뿌리를 내렸다

뿌리와 몸이 멀지 않아 서로의 온기가 따스했다

순간 나는 쪽빛에서 나와

그 푸르름을 잃지 않는

세상의 모든 것들에게

살며시 입맞춤을 해주고 싶었다

제2부

병원비

서 말 닷 되 햇콩을 팔고
두지 마다 탈탈 털어
먼지만 소복하고
금쪽같은 송아지를 팔아도
우야꼬……
동생의 병원비는
입천정에 덜커덕 붙어버린다.

아버지 윙윙대던
전기작두를 팔고
겨우내 이 골 저 골
산으로 들로
돈이 된다며
새벽을 팔고 나서야
얼굴이 뽀얀 동생을
큰방에 눕혔다.

눈부처

저는 당신의 눈부처가 되렵니다
어디 가지 않고 당신 안에서
반짝이는 눈부처가 되렵니다
그렇게 윤슬처럼 반짝이며
평생을 당신 안에서 살렵니다
눈부처
그것은 당신 안에
제가 있다는 증거지요
피할 수 없는 증거지요
외로운 날
눈물 스윽 닦아주는
힘든 날 으샤으샤
구령을 붙여주는
당신에게 가고 있는
내 걸음의 크기지요 당신의
가장 가까운 곁이지요.

그늘의 무게

다시 광안리 어디에서
나는 그늘을 찾고 있었다
몇 걸음 앞이었을까
눈처럼 하얀 백사장에서 옛날의
그녀가 세월에 씻겨 가고 있었다
어디론가 떠날 채비를 하고 있는지
아무리 불러도 그녀는 뒤를 돌아보지 않았다
나는 옛날처럼 낮은 단화를 꺾어 신고
종종걸음으로 그녀 곁으로 다가갔다
다시는 오지 않을 시간들을 되짚으며
실없는 농담을 몇 개 던지는 순간
그녀의 큰 눈망울과 선한 웃음이
하얀 포말로 부서졌다
어디로 갔을까
그녀는 이것저것 살뜰히 챙겨
어디로 떠나갔을까
나는 아무것도 붙잡지 못하고

멍하니 섰다 그냥 돌아서는데
어디서 뽀얀 분내음이 나를 따라왔다
내 기억 깊은 곳에 고요히 살던 분내음이
나를 천천히 따라와 그늘 한가득
무게를 더하는 것이었다
어디론가 떠날 채비를 끝냈는지 고요하던
그늘이 크게 한 번 출렁 흔들렸다.

나는 그게 우째 그리 좋던지

마당에 솥이라도 걸면
나는 그게 우째 그리 좋던지
불을 조금 당겨 놓고 누가
솥뚜껑이라도 스르르 열 때면
바쁜 손을 놓고 그 풍경 속으로
들어가지 않을 수가 없었다
허연 김이 한무리의 새처럼
빈 마당을 한 바퀴 휘돌아나가면
나는 또 그게 우째 그리 좋던지
무리 바깥으로 떨어져 나와
부엌 귀퉁이를 기웃거리는 몇 놈을
말없이 따라가 보기도 하고
아궁이 앞에 쪼그려 앉아
얼마나 많은 이야기들이 그 안에서
사위어 가고 있는지 바알간 불빛들 속을
이리저리 휘저어 보기도 하였다
그렇게 저녁 내내

흥성시럽던 그 풍경 속에서
하루를 다 소일消日해 버려도
나는 그게 우째 그리 좋던지

나무를 만졌더니

나무를 만졌더니
종일 나무 내음이 났다

바람에 흔들리는 듯
잔가지들이 살살살
종일 내 몸을 흔들고 있다

나무를 만지며
살아야 되는데……
기름에
쇳가루에
세상 다 가질 듯
오물 속을 뒤지며 산다

산다는 것이
다 그렇고 그렇다는데
나뭇결에는 이슬이 앉고

들판에 서면 어느새 말간
바람이 곁에 선다는데……

그걸 또 나는
돈이 될는지
남들이 알아줄는지
이래저래 재보다
찰나 같은 생이 다 갔다.

누가 다녀가셨다

출근 준비로 분주한 아침
머리를 말리러 큰방에 들어갔다
차마 불은 켜지 못하고
안쪽 욕실에 배꽃 같은
작은 불을 하나 켜 놓고
문을 살짝 열어 놓았다

거울에 비스듬히 기댄 불빛을 따라
이리저리 머리를 말리던 순간이었다
하얀 난닝구를 입은
아버지가 그곳에 있다
가늘어진 팔을 가지런히 모으고
중년의 아버지께서 다녀가셨다

지천명이 다 된
내 나이를 세다 문득
아버지의 나이를 천천히 짚어 보는데

마른 가지처럼 가는 손으로 스윽
내 머리를 가지런히 빗어주셨다
그리고 괜찮다는 듯
다 괜찮다는 듯
내 어깨를 툭툭 다독여주셨다

딸깍, 배꽃 같은 불을 끄며 나는 또
이 모든 순간이 영원으로 갈 텐데
어느새 그날의 아버지 곁으로
나를 또 천천히 데려갈 텐데 싶어 뒤돌아
어둠 속 빈 거울을 물끄러미 바라보았다.

멍게

통영에서 오늘 새벽에 올라왔다는 멍게를

시장 아주머니는 찬물에 척척 잘도 씻어 낸다

별 시리 귀할 것도 없는 그것들을

척척 씻어 내는 그 손이 낯설지 않다

나는 한참이나 쪼그려 앉아

분주히 오가는 그 손을 따라다녔다

찬물에 씻긴 멍게도

아주머니의 손도

차고 붉게 피어올랐다

언제나 저렇게 찬물에서 나와

찬바람 속에서 붉게 피었으리라 나는

찬물에 뭐든 척척 잘 씻어 내던

다른 손을 생각하며 또 몇 자

끄적일 오후를 생각하였다

그것도 재주라고 저 붉은 것들을

시詩로 옮겨 놓을 생각에

아침 찬바람 속이 즐겁기만 하였다.

뿌리에게

블록 모서리 네모 난 틀 안에서
거두지 못한 인연들이 있다는 듯
뿌리들이 서로의 몸을 붙들고 있다
생을 다하는 그 순간까지 뿌리는
저 두꺼운 외투를 벗지 못하리
한 번도 밖으로 내딛지 못한 뭉툭한 발
걸음걸이도 맞춘 것처럼 모두 가지런하다
물 밖으로 나온 폐선이 천천히
몸을 누이며 세월을 건너가듯
뿌리는 거두지 못한 인연들을
아래로 아래로 깊이 묻어 두고서
봇물처럼 울음을 툭툭 터뜨렸을 것이다
온몸을 흔들며 그리움을 삭혔을 것이다
겨우내 곁을 지키던 이파리들에게
바람이 지나는 길을 물어 다시
파란 이파리로 그 많은 인연을
되돌려 놓았을 것이다.

모항에 가면

모항에 가면
시름들은 모두 두고 오세요
멀리 수평선 너머로 휙휙
몇 개 던져 버리고
너른 모래사장에도 몇 개
깊이 묻어두세요 그래도
남은 것들이 있어
걷는 걸음마다 요란하게 쫓아오거든
능가산 자락에다 곱게 널어 두었다가
어느 볕이 좋은 날
햇살이 비처럼 쏟아지는 그런
숲길에 서서 아이처럼 웃으며
그 시름들 툭툭 털어 버리세요

훗날 다시
모항을 지나는 걸음이 있으면
그때는 아마

그런 날이 있었지
아……
내게 그런 시름들이 있었지 하며
멀리 수평선 너머를 또 아이처럼
몇 번이나 기웃거릴 것입니다.

무량수無量壽를 생각하며

소백小白을 등에 업고

노모가 부석사를 오른다

부석浮石의 슬픔을 아는 듯

두 다리는 가늘게 가랑이져 있다

어디에도 뿌리를 내리지 못한 몸

노모는 가는 다리를 바로 세우며

큰 기둥 곁으로 우리의 안녕을

천천히 옮기고 있었다 우리는

저 깊은 소백小白을 가로질러

지름길로 찾아온다는

눈처럼 하얀 백발*을 생각하였다

무량수無量壽

무량수無量壽

모두 같은 셈으로 무량수전無量壽殿을 돌며

그보다 더 큰 것들을 생각하였다 그렇게

더는 보탤 수 없는 노모의 마른 삶에

보시布施를 하듯 우리는 우리의 안녕을

주섬주섬 몇 개 챙겨 넣었다.

* 역동(易東) 우탁(禹倬, 1263~1342) 선생님의 탄로가(嘆老歌)
中에서

성에꽃

방천시장 안쪽
어디 허름한 식당에 앉아
성에를 지운다
지나간 날들 속에서
모가 난 순간들을 밤새
서걱이며 찾아가듯
손마디 끝으로 차고 마른
그 결을 따라간다

차고 마른 그 결을 따라
하얀 성에꽃이 하나 피었다 한 번도
온전한 삶을 살지 못한 것처럼
부표 같이 떠돌다 작은 몸 하나
어디 제대로 눕히지 못한 것처럼
성에꽃은 하얀 그 결을 따라
마른 뿌리를 천천히 내리고 있다

산다는 것은

결국 견뎌 내는 것

온통 분답은 것들 뿐인

고만고만한 삶을 살아도

저 하얀 성에꽃처럼

밤새 차고 마른 결들을

끝끝내 지켜 내는 것

그렇게 밤새 지켜낸 것들을

누군가의 빈손 위에 온전한

이름으로 하나둘 옮겨 놓는 것.

유산

-가온이에게

아이가

감자칼로 사과를 깎는다

나는 별시리 특별할 것도 없는

과일 깎는 방법을 가르쳤다

아이는 처음 걸음을 딛는 것처럼

세상을 이리저리 흔들고 있다

나는 과일을 잡는 법

칼이 들어가고 나가는 힘

너무 깊으면

버리는 게 많고 또

너무 얕으면

아차 하는 순간이 있다고

내가 받았던 옛날을

아이에게 그대로 옮기고 있다

내게 남은 유산은

이런 사소한 것들 뿐이다

어린 짐승들이 놀라지 않게

둘러 가던 발걸음

어쩔 수 없이 거두는 손이

너무 부끄러웠다는 말

무릎베개를 하고 들었던

살내 같이 누긋한 이야기들까지

나는 아이에게 하나도 빠뜨리지 않고

천천히 다 옮겨주었다.

집으로 가는 길

학원을 마친 아이와

나란히 걸으며 집으로 간다

별이 총총한 밤

신천시장을 지나며 길가

따뜻한 오뎅도 몇 개 건져 먹고

다시 별이 총총한 어둠 속으로 들어서며

나는 이 아이가 없던 세상을 생각하였다

몸도 마음도 아직 여물지 않아

하늘의 별 만큼 궁금한 것들이 많아

아이는 자꾸자꾸 내 앞에서 걸음을 멈춘다

뭐든지 존재하면 그 끝이 있다는데

우주의 끝은 어딜까?

그 너머엔 뭐가 있을까 아빠?

깊고 넓은 아이의 질문에 내 걸음이 느려지자

아이도 같이 걸음을 맞추며 나를 바라보는데

그 너머에 아주 큰 무엇이 있어

내가 어쩌지 못하는 절대적인 힘이 있어

나를 세상 밖으로 이리저리 흔들어 놓아도
이제 다시는 이 아이가 없던 세상을
생각할 수 없다는 것과
내 슬픔을 밀고 가는 이 큰 힘이
나 혼자의 것이 아니라는 것을
신천시장을 지나 집으로 가는 길
나는 그런 것들을 생각하며
별이 총총 쏟아지는 밤하늘을
몇 번이나 올려다보았다

해후邂逅

오랜만에 다녀가시는 아버지를 위해
아내는 아침부터 이것저것 분주하게
무엇을 준비하고 있다
"아버님, 올라오실 때
꼭 정장 입고 오세요"
맘이 바쁜 종달새처럼 이 나무 저 나무를
포르르 옮겨다니며 종종종종
종일 뭐라뭐라 지저귀고 있다
특별한 날도 아닌데 왜 그러나 싶어
나는 신발장과 베란다를 정리하며
분주한 안쪽이 아침 내내 궁금하였다

아버지를 모시고 사진관으로 갔다
얼굴 좋으시고
기력 있으실 때
사진 한 장 찍어 두자고 아내는
내게 몇 번이나 다짐을 받았었다

듣는 귀가 어두웠던 나는
걸음이 느렸던 나는 그래그래
그 쉬운 말들을 여기저기 흘리고 다니다
이제야 귀밑머리 하얀 아버지를 모서리가 둥근
사진관 의자에 다소곳하게 앉혔다

어느새 칠순의 아버지는 손마디 마른
내 오랜 기억 속 옛날의 할아버지가 되어
사진관 의자를 이리저리 만져보고 계셨다
그 모습이 말간 정안수처럼 맑고 고요하였다
순간,
새벽안개처럼 희뿌연 무엇이 내게 밀려왔다
깊은 밤처럼 고요하게 서 있던 거울 속에서는
내가 아는 옛날의 아버지께서 그런 나를
또 물끄러미 지켜보고 계셨다.

여생餘生

여생이라는 말은
얼마나 크고 무거운가
세상 모든 의미를
눌러 앉히는 힘
그렇게 여생 앞에 서면
세상 모든 것들이
스르르 힘을 잃는다
내 입에 맞던 음식들도
세상 귀한 풍경들도
퇴근 무렵 한가득
넉넉한 주머니도
여생이란 말 앞에서
모두 힘을 잃었다.

제3부

고방庫房

감나무가 있던 자리에 잿빛 시멘트가
사방四方을 넓히고 있다
그 많던 이야기들을 어디론가 옮겨 놓고서는
무거운 잿빛으로 사방四方을 넓히고 있다
가을 내내 고추를 말리던 고방庫房까지
우리들의 유년이 군데군데 가라앉아 있었다
고방庫房은 바알간 연탄불로
가을 내내 고추를 말리던 곳인데
자욱한 가스 냄새에 두 눈을 비비며
열두 번도 더 마른 고추를 뒤집고는 했다

어둑어둑하던 고방庫房을 허물던 날
눈이 밝지 않은 지네가
뒤란을 가로질러 어디론가 갔다 한다
온 식구를 데리고
짐을 다 챙기지도 못하고
놀란 걸음으로 급하게
몸만 빠져나갔다 한다

그 식구들은 매운 고방庫房에서 어떻게
그 오랜 시간 숨을 참으며 살았을까

이제 다시는
그 고방庫房을 열어 볼 수 없으리
매캐한 가스 너머로 촘촘하게 쌓여 있던
그 층층의 슬픔을 다시는 열어 볼 수 없으리
우루루 뒤란을 지나가던 바람에 쫓겨
고방庫房으로 숨어들었다가
쫓아 오던 바람도
수런거리던 뒤란*도
어느새 다 지나가 버리고 후두둑
처마 밑으로 한 무리의 별똥이
요란하게 떨어질 때까지
아무도 찾지 않는 그런 깊은 곳을
이제 다시는 들어가 보지 못하리.

* 문태준 : '수런거리는 뒤란'에서 빌려옴

내복을 입다

내복을 모르고 살던 내게

생일이라고 두 아이가 내복을 선물했다

얇고 보드라운 그 결을 따라

내복을 입고 있는 내 모습을

두 아이가 물끄러미 지켜본다

아이의 눈부처 속으로

옛날의 아버지가 들어섰다

그런 날이 있었다

평생 술을 모르셨던 아버지는 언젠가

형이 선물한 소주 한 병을

반주로 드신 적이 있었다

지금의 그 목선이 물러지기 전이었을 것이다

곧고 선명하던 젊은 아버지의 목선을

어린 삼형제가 물끄러미 지켜본 적이 있었다

깊은 고요가 앉은 우물처럼

아무 흔들림 없이 내 모습을 받아내는

아이의 눈부처 속에서 그날의 아버지가

흐뭇한 모습으로 내복을 입고 있다
내가 받아 낸 눈부처를
저 아이들에게 내려놓듯이
언젠가 오늘의 이 풍경을 다시
저 아이들의 아이들에게 내려놓을 것이다
그렇게 또 어른이 된 아이들이
오늘의 나를 삶의 어느 모퉁이에서
더 깊은 그리움으로 만나게 될 것이다

누항사陋巷詞*
-엄문용님

어린[愚]** 벗이 소식을 넣었다

불혹의 외줄기를 덜어내는
고만고만한 살림살이들과
그 일상의 소소함으로 건너고 있다는
친구의 어리석음들과
곡우穀雨 지나 웃자란 개쑥이
미쳐 출렁이는 고향의 들내음들이
파란 향내처럼 비틀거리며 한 움큼
내게로 건너왔다

그리움이 깊으면 병이 된다 했던가
산다는 것이 온통
견디는 것들 뿐이란 것을 알면서도
내 누긋한 삶이 아무 부끄러움이 아니란 것과
는개 같이 가벼운 아비 되어
한 짐 버거운 불혹의 내 이름이

새삼스러울 것 하나 없는 일상이라는 듯
어린[愚] 벗이 웃으며 곁에 와 눕는다

정갈한 맘으로 오랜 벗을 맞고
그 아래 누워 받던 서늘한 시간들과
우리에게 그 짐을 지우지 않겠다던
어리석은 아비들이 눈물 나게 그리운데
오늘 나는
더 크고, 더 맑은
그 무엇이 있다는 친구의 눈빛을 받으며
나 또한 그 많은 어리석음들 곁에 서서
더 크고, 더 맑은
그 무엇을 생각하는 것이었다.

* 노계집에 실린 가사(친구 이덕형이 작자의 빈곤한 생활
을 염려하는 데 답하여 지은 가사)
** 어리석다의 옛말

대성아파트

오늘은 시장을 걷는 걸음이 낯설어

나는 만나는 모두에게 인사를 하였습니다

안녕하고 인사를 하면 이 거리가

낯설지 않은 옛날의 모습으로 나를

반겨 줄 거라는 생각에 지하상가며,

꽃시장이며, 장난감 가게를 지나면서도

안녕하고 웃으며 인사를 하였습니다

장원이라는 상사를 돌자 나 어린 아내가

혼자 난간을 힘겹게 오르는 아버지가 무서워

위층에서 몰래 숨어서 내려다봤다는

그 아파트가 있었습니다 멀리

배 아픈 어린 아내를 자전거에 싣고 건넜다는

오래된 다리도 있었습니다

풀포기처럼 여기저기 흩날리던 슬픔에

어린 아내가 털썩 주저앉았다는 그 동네를

오늘은 모두의 안녕을 생각하며

내가 천천히 걷고 있습니다

청송 골짝 눈처럼 하얗던 할머니의 백발이며
막연한 두려움에 복도를 자꾸자꾸
가로질렀다는 어린 아내에게도
건강하게 잘 자라주어서 고맙다는 인사를
몇 번이나 하였습니다
또 그런 아내를 묵묵히 잘 지켜주었다며
오래된 그 아파트에게도 인사를 하였습니다.

도장이 갖고 싶어

도장이 갖고 싶어

나도 도장이 갖고 싶어

등굣길 내내 칭얼대며 울어도

아직 네 이름이 물러서 힘이 없다고

중학 가서 단단해지면 꼭 하나 해준다며

어머니 내게 약속을 하신다

그래도 갖고 싶어

진짜 갖고 싶어 학교를 가다 말고

동네 어귀 큰 바위에 누웠더니

할매 같은 구름이 물밥 한 그릇

할배 같은 바람이 나물밥을 건네며

그만 일어나라고 자꾸자꾸 재촉을 한다

물밥 한 그릇

나물밥 한 그릇 든든히 먹고

이제 더는 버티지 못하는 것이 아쉬워

말간 물코를 풀 섶으로 슥 던지며
다시 길을 나서려는 찰나

들일 나가시던 어머니
먼먼 원뢰遠雷처럼 나를 부르며 달려오셨다
"얼마라 카더노?"
"남는 건 갖고 오고……"
젖은 지전紙錢을 내 손으로 옮기며
퍼뜩 가라며 손짓을 하신다
가다 돌아보면 아직 그 자리
이제 갔겠지 하고 돌아보면
아직도 그 자리……

바람벽의 가계도家系圖

우리는 두고 왔던 그 바람벽을
아무도 기억하지 못했다
눈처럼 하얗게 색이 바랜
그 오랜 세월 앞에서 우리는
잔설殘雪을 털어내듯
그날의 쓸쓸함을 기억 저 편으로
하나둘 툭툭 털어 내었다
바람벽의 모서리는 그 오랜 세월을
어떻게 건너왔는지 군데군데
불그스름하게 상기 되어 있었다

용달차에 실린 채
덜컹이는 냄비 소리에 묻혀 가던 그날부터
바람벽은 그렇게 홀로 남아 그 많은 슬픔들을
오늘까지 하나하나 쌓아 왔나 보다
누가 누구를 낳고 다시 누가 누구를 낳았다는
가나안의 어느 오래된 가계도家系圖처럼

우리는 우리의 슬픔이 켜켜이 쌓여 있는
그 오래된 가계도家系圖를 슬픔의 순서대로
천천히 하나씩 넘겨보았다

나는 가뭄처럼 갈라진 모서리를 열며
우리의 가계도家系圖를 천천히 걷어 내었다
순간 가뭄처럼 마른 그 바람벽 안에서
얼굴이 하얗던 어린 동생이
밤새 쿨럭이던 어머니의 잔기침이
이래저래 마냥 두렵기만 하던 옛날의
그 길고 길었던 시간들이 한순간
우리 앞에 우르르 쏟아져 내렸다.

세한도歲寒圖

-김태오님

조합 신문에 실린 내 시는
뜬구름 같이 멀기만 하고
아내가 벗어 놓은 작업복 사이로
파란 달빛이 향불처럼 흩날리는데
어디까지 갔을까 아내는
작업복을 갈아입고 또 어느
골짜기에서 마른 숨을 고르며
우리를 생각하고 있을까

식탁 위에는 몇 장의 지전紙錢이
마른 찬과 함께 순서대로 놓여 있었다
산다고 사는데도 가난은
그렇게 깊어만 가고 집안 구석에는
언제나 모가 난 계절들 뿐이었다
그래도 오늘은 안동 깊은 골짜기에서
세한歲寒의 참뜻을 잃지 마라시며
은사님께서 편지를 하나 보내셨다

아내가 돌아나간 골목으로
별빛들이 눈처럼 쏟아지는데
아이들이 흔들어 놓은 별무리들이
힘을 내라는 듯 몇 개의 별을
내 앞에 툭툭 던져주었다.

어느 가계도家系圖

아이들이 파시조를 물었다

밀양박씨 찬성공파 이런저런

이야기들을 말로 다 옮기지 못해

그 오랜 시간 속 흥망성쇠를 찾아

오랜만에 고향을 찾았다

옷장 깊이 넣어 두었다는

그 오래된 가계도를 꺼내어

아이들 앞에 펼쳐 놓았다

순서를 놓칠세라 몇 대 몇 세 하나하나

손으로 짚어가며 왜란과 동란까지

그 힘겨웠던 시간들을 넘어갔다

그렇게 아이들의 잔뿌리들이 바닥으로

천천히 내려앉는 것을 보며 나는

오래된 이야기들을 모두 거두었다

옷장 깊이 다시 그 가계도를 넣고

문을 스르르 닫으려는 순간이었다

조금 열린 수납장 사이로

얼룩덜룩한 무늬가 몇 개 보였다

내가 무른 몸으로 세상과 자꾸 부딪히던

여기저기 부딪혀 내 몸이 온통 핏빛으로 얼룩졌던

그때의 나를 기억하고 있는 교련복이었다 어머니는

여기저기 묻었을 핏빛과 찢기고 뜯긴 자리까지

다 꿰고 메워서는 곱게곱게 개어 놓으셨다

한 번도 나를 내려놓지 않으셨구나

정말 어머니는 한 번도 나를 버리지 않으셨구나 싶어

가슴에 붙은 이름표를 손끝으로 살며시 만져보았다

나는 얼룩덜룩한 교련복을 아이들 앞에 펼쳐 놓으며

내가 어떻게 그 무른 시간들을 건너왔는지

어떻게 부서지지 않고 그 시간들을 견디었는지 다시

그 오래된 가계도를 꺼내어 천천히 이야기를 이어

갔다.

웜홀*

탄불 위에 올려진 냄비 주위로
길이가 다른 시공간들이 하나둘
모여들기 시작했다
숨이 가쁜 듯
가늘게 흔들리는 불꽃 속으로
우리들의 모난 생들이 이리저리
뒤섞이고 있었다 그곳은
지나가 버린 시간들이 지금의
시간들을 기다리고 있는 곳
그 오랜 기다림 끝에 서서
서로의 온기를 살갑게 나누고 있는 곳
고목처럼 색이 바랜 큰 손이
냄비를 열어 놓고 제자리로 돌아갔다
그 손을 따라 몇 개의 작은 손들이
고사리처럼 한들거리며 그 길을 따라갔다
슬픔도 아픔도
아무 의미가 없다는 듯 큰 손이

시공간들을 휘휘 흔들고 있다
지난 것들은 모두
짙은 그리움으로 되살려 놓고
고목 같이 마른 두 손을 쓱쓱 비비고 있다
그렇게 모든 시간과 공간을 열어
또 다른 세상 속으로
우리들을 천천히 밀어 넣고 있다.

* 웜홀 : 웜홀은 우리 우주와 다른 우주를 블랙홀이 연결
할 때 생기는 통로라는 가설이다. 이 때문에 웜홀은 시간
여행을 가능하게 하는 지름길로 인식되기 시작했다.

탁주 반 되

상가喪家에서 고향 친구들을 만났다
어색하고 무거웠던 그 자리가
어둠에 조금씩 밀려갈 무렵
나는 취기가 오른 얼굴로
옛날 얘기들을 몇 개 꺼냈다
고향마을에서 조그만 구멍가게를
하셨던 어머니 얘기
그때 만들었다는 외상장부 얘기
내가 40년도 더 된 그 장부를
아직 갖고 있다는 얘기까지……
그날 우리는 그 장부가 있다 없다로
큰 내기를 하나 했다

나는 잊고 지냈던 그 장부를 밤새 찾았다
장부는 몇 번의 이사에도 어디 가지 않고
책장 안쪽 가장 깊은 곳에 잠들어 있었다
설 선생 진로 1병
지동댁 연탄 숯 1봉

옥산댁 달걀 5개
아무 생각 없이 장부를 읽어 내려가다
나는 그만 눈물이 핑 돌았다
어느 낯익은 이름 옆에 친구의 이름과
탁주 반 되가 나란히 적혀 있었다 그건
어린 친구가 아버지를 위하여
탁주 심부름을 했다는 것이 아닌가

하루 일을 끝내신 아버님은
지친 하루를 탁주 반 되로 씻었을 것이다
친구는 또 기다리는 아버지를 위하여 연기
자욱한 고샅을 종종걸음으로 달렸을 것이다
그렇게 고만고만했던 우리네 살림살이들이
으스름 달빛 아래 하나둘 쏟아지는데 나는
다시 그 장부를 책장 깊은 곳에 넣으며 우리가
벌써 그때의 어른들을 지나간다는 것과 어느 날
이 장부를 천천히 넘길 친구의 쓸쓸함을 생각하였다.

돼지의 보은報恩

내가 초등 1년쯤이었을 것이다 아버지께서 새끼돼지를 한 마리 사오셨다 우리를 청소하고 울타리도 튼튼하게 새로 만드셨다

며칠이 지났을까? 새끼돼지는 밤새 울타리를 긁어대며 울기만 하였다 눈가 얼룩이 꼭 눈물 자욱 같기도 하고 밤새 벽을 긁으며 낑낑대는 것이 엄마를 찾는 것만 같았다

그러던 어느 날 학교를 다녀오는 길이었다 아이들과 헤어져 대문을 들어서려는 순간 대문 옆 담벼락에서 우리를 빠져나온 새끼돼지가 벽에 붙어 몸을 떨고 있었다 새끼돼지는 엄마를 찾으면서 떨고 있는 것이 틀림없었다

나는 어서 지나가라는 듯 한두 걸음 물러나 길을 열어주었다 새끼돼지는 몇 번 멈칫하더니 골목을 내달리기 시작하였다 한달음에 뒷산으로 달아나는 새끼돼지를 나는 대문 앞에서 한참이나 서서 물끄러미 지켜보았다 누구에게도 잡히지 말고 얼른 엄마를 찾아가라고 마음속으로 몇 번이나 신신당당부를 하였다

그날 아버지는 밤새 새끼돼지를 찾으셨다 동네 방송으로 몇 번이나 그 새끼돼지를 찾으셨다 이 모든 걸 평생 비밀로 갖고 살리라 몇 번이나 다짐하며 나는 잠이 들었다

　지난주 설이라고 온 가족이 다 모인 자리에서 아버지는 40년이 다 되어가는 그 일을 얘기하셨다 놀라운 건 돼지를 사오셨던 금액까지 또렷하게 기억하고 계셨다 더 놀라운 건 내가 길을 열어주었다는 것을 아직도 모르고 계셨다

　나는 그날도 40년이 다 되어 가는 그 다짐을 끝끝내 지켜내었다 섣달 그 고요의 끝을 지나며 나는 가만히 생각하였다 내가 그래도 밥이라도 한술 뜨고 사는 건 그 돼지의 보살핌이 틀림없다 주위에 내 이름 몇 자 나누고 사는 것도 다 그 돼지의 보은報恩이 틀림없다 그 새끼돼지가 내 신신당부를 듣고 멀리멀리 엄마를 찾아가 튼실한 가정을 이루고 제 명을 다 살고 간 것이 틀림없다.

국수

되는 일 없이 하루하루
다람쥐처럼 쳇바퀴 돌다
주말이다 싶어 고향에 들렀다
어머니는 늦은 점심으로
하얀 국수를 헹구며
아무 말이 없었다
"찻찻찻찻"
"찻찻찻찻"
국수가 그 마음을 대신 받아
찬물 속에서 괜찮다며 괜찮다며
내 지친 날들을 다독여주었다
세상이 파르르 열리고
더운 것이 후욱 나를 밀어 올렸다
괜찮다며 괜찮다며
자꾸자꾸 나를 밀어 올렸다.

제4부

EA

국졸이 전부셨던 아버지는
글 쓰는 자리를 늘 어려워하셨다
봄가을 경조사가 있거나
수매가 있는 날이면 펜은 늘
허공에서 맴돌다 우릴 바라보았다
그렇게 바닥에 닿지 못한 것들을 우리가
대신 받아 천천히 허공에서 내리곤 하였다

공단에서 경비일을 하셨던 아버지 하루는
몇 장의 영수증과 장부를 가져오셨다
그날그날 들어오는 차량과 적재물을
순서대로 정리를 한다는데 그날은
영수증에 낯선 글자가 몇 개 있어
가만히 붙들고 집으로 오셨다

이런저런 물품이 적힌 영수증에는
개수를 뜻하는 단어 EA가 적혀있었다

필기체 같은 영문자들이
가지런히 줄을 맞추고 있었다
가만히 지켜보는 아버지에게 하나 둘
개수를 뜻하는 영어라고 말씀드렸더니
부지런히 배우라며 대견하다는 듯
내 어깨를 스윽 쓰다듬어주셨다

장부에 그것들을 옮기다
EA 앞에서 잠시 멈추었다
알 수 없는 뜨거움이 내 안을
훅 돌아 나가는 게 낯설어
나는 몇 번이나 허공을 맴돌다
천천히 바닥으로 내려왔다.

PET

어머님은 그런 것까지……
출근 준비로 분주한 거실에서
아내의 화가 섞인 말과 자꾸 부딪혔다
잠깐 멈춰 서서 자초지종을 물었더니
어머니께서
아침 일찍 전화를 주셨는데
했던 말 또 하고
했던 말 또 하더란다
이번 추석에 부산 내려갈 때
고속도로에서 애들 낭패 보지 않게
PET병 큰 거 하나 챙기라고 그랬단다
순간 나는 영어도 모르는 어머니께서
불편한 몸으로 P와 T 사이를
아슬아슬 비틀거리며 건넜을 텐데
그 생각 끝에 코끝이 찡해 오는데
어디에서 아내는 무너졌을까
긴 병에 효자 없다고

효부도 긴 병은 어쩔 수 없나 보다

지지난 연말부터 어머니 모시고

별말 없이 병원을 다니더니

그렇게 아내도 긴 시간 앞에서

힘없이 무너져 내렸나보다

나는 열 번도 더 알겠습니다

그랬을 거라고 얘기했더니

당신은 부처라는 둥

누구 편이라는 둥

온갖 설익은 말들이

PET병과 함께 거실을

둥둥 떠다녔다.

그림자를 업다

아버지의 얇고 긴 그림자가

작은 그림자 하나를 업고

내를 건너고 있다

물결에 살랑

작은 그림자가 흔들리자 긴 그림자는

야윈 두 손으로 탁탁 몸을 추스르며

다시 제 자리를 찾고 있다

순간 나는 바람이 지나는 뒤란을

말없이 지켜보시던 어머니를 생각하였다

다시 수저를 놓으며 스르르 제자리로 돌아가는

그날의 저녁 풍경을 생각하였다

긴 그림자는 야윈 두 손으로

세월도 저렇게 다독였을 것이다

어린 동생의 길었던 병원비며

입술이 파랗게 물든 어머니의 야윈 얼굴이며

끝내 내려놓지 못한 그 많은 슬픔을

야윈 두 손으로 저렇게 다독이며 건넜을 것이다

언젠가 우리가
깊은 골에서 뿌리째 흔들리며 무너져 내릴 때
길을 내고 불을 밝히고 향기 짙은 꽃그늘 아래에
우리들의 지친 몸을 누이며 괜찮다 괜찮다
몇 번이고 가슴을 쓸어내렸을 것이다

아버지의 얇고 긴 그림자 하나가 나를 업고
말없이 내를 건너고 있다

단봉낙타

칠순에 몇 해를 더 보태시더니 어머니
자꾸 나를 일상에서 놓치신다

가문 날 끝없는 깊이로 말라가는
어느 고원高原의 사막처럼
내 삶이 어딘가로 끝없이 밀려가고 있다

오늘은 작은 샘을 하나 사막에서 만나듯
마른 내 삶의 모퉁이에서
어머니의 고운 말[言]들을 만났다
나는 이 세상에서
가장 바르고 착한 아이가 되어
그 고운 말들을 다 받아먹었다

마른 사막을 건너 가는
단봉의 낙타처럼
가늘고 여린 몸으로

어머니 내 앞에 서신다
니가 몇 째고……
그림 잘 그리던 첫째가?
아니아니 제 그림은 예쁘지 않았어요 어머니
그라마 노래 잘 부르던 막내라?
아니아니 제 노래는 아직도 예쁘지 않아요 어머니
아……
니가 그림 글쓰기 좋아하던 둘째라?
갈바람이 흔들고 간 대숲처럼
내 몸 깊은 곳에서 무언가가 가늘게 떨려 왔다

장승처럼 우뚝 서 파르르
떨고 있는 나를 두고 어머니 또
무엇을 주섬주섬 챙겨 돌아서신다
모든 일상을 다 놓쳤어도 끝끝내
내려놓지 못하신 것들을 몇 개 챙겨
오늘도 저렇게 단봉으로 우뚝 서서
마른 사막을 건너가신다.

먼 곳

아픈 아내를 병실에 두고
집으로 돌아왔다

크고 깊은
우주가 하나 생겨났다

몇 걸음 뒤에 서서
말없이 나를 배웅하더니
아내는 그사이 또 다른
세상을 하나 만들어 놓았다

휑하니
낯선 공간에서 나는
또 어떤 자세로
밥을 먹고
잠을 자고
하루를 건너가야 할지

그 쓸쓸한 시간들을 생각하였다

내 걸음이 귀한 줄 알고
어느새 종종걸음으로
곁에 나란히 서는 사람을 또
어느 공간에서 만날 수 있을지
밤새 나는
그 먼 곳의 안녕을 생각하였다

미나리를 먹다가

아버지, 다리에 쇠나사를 끼우시고도 종일 바쁘시다
병원에서 놓친 세월을 보상이라도 받으시려는 듯
쇠나사가 돌아 들어간 방향으로 몸을 흔들며
이골 저골 잘도 다니신다
깊은 골짜기 어느 마른자리를 만나
절룩이는 몸을 내려놓으셨을까
옹이 진 나무처럼 상처 앉은 다리를
어루만지고 계실까

미나리가 상 위에 올랐다
촌에서 올라온 미나리는 작고 단단하다
아버지의 마른 몸을 닮았다
단단하고 마른 몸으로 내 입에 오른다
밥상 모서리가 깊고 먼 골짜기로 어른거린다
지난 겨울 머구를 먹다가도 저 골짜기
어딘가에서 절룩이는 아버지를 만난 적이 있었다
성지골 찬 개울 속을 종일 비틀거리며

오물오물 내 입에 오를 미나리를 찾았을 것이다
어느 마른자리에 앉아 옹이 진 다리를 어루만지며
오물거리는 내 입을 생각하였을 것이다.

부처님의 발톱깎기

아버지께서
한참을 웅크리고 발톱을 깎고 있다
우리가 모르는 사이 어느새
우리 것이 되어 버린 것들을
그렇게 모가 난 삶의 모서리들을
딸깍딸깍 떼를 잘 입힌 봉분처럼
둥글고 매끄럽게 깎아 내고 있다
아버지 웅크린 모습 그대로
마른 생불生佛이 되어
바닥으로 가라앉을 것만 같다
순간, 나는 아이처럼
깊고 고요한 바닥이 무서워 아버지하고
그 고요를 살며시 흔들어 놓았다 아버지
대답도 없이 그저 고개만 천천히
나를 찾아 먼 길을 돌아오신다
들일 나갔다 집에 있는 짐승들을
잠시 거두러 오실 때처럼

마루에 앉은 우리들을 물끄러미 거두시고는
다시 들로 천천히 돌아가신다
마른 등은 그믐처럼 차고 깊게 구부러지고
무른 무릎 사이로 얼굴이 천천히 묻혀 갔다
그런 순간이 내게도 올 것이다
둥글고 매끄럽게 떼를 잘 입힌 봉분처럼
삶의 모서리들을 딸깍딸깍 깎아 내며
주위의 안녕을 주섬주섬 거두어 갈 때가
내게도 올 것이다.

사무사思無邪

-김한숙님

내 안에 사는 그대를

며칠 고운 이름으로 빚으면

윤슬처럼 말간 결을

하나 만날 수 있을까

지지 않는 그리움 하나

얻을 수 있을까

사무사思無邪

그릇됨이 없는 생각의 끝

오늘 나는 그 고운 이름으로

밤새 당신을 빚고 또 빚습니다

어디에서든 나를 받아주던 바닥

여기저기 온기를 모아주던 두 손까지

내 안에서 참이 된 것들을

밤새 빚고 또 빚습니다

그런 그릇됨 없는 생각으로

당신을 밤새 빚으면

나는 이 어둔 밤을

건널 수 있을 것만 같습니다

저렇게 먼 산 위로

달이 하나 둥실 떠오르듯

나도 이제 튼실한 가정 하나

띄울 수 있을 것만 같습니다

시름 따위는 생각지도 않고

그 말간 생각의 끝을 훌쩍

건너갈 것만 같습니다.

상향尚饗

– 올라가는 길

어머님 산에 오르신다

노귀재 돌아

또 만난 가파란 길

청상靑孀은 죄가 많아 말이 없고

산길 끊긴 골을 따라

잔설 밟고 오르는 첩첩산중

쉬이 나고 쉬이 가도

숨 가쁜 이승길

어린 아내는 어디에서

목을 놓고 울었을까

올 손[客]이 그리워

모로 누우신 아버님

허물어진 무덤 위로

눈물 자욱 선한데

향을 피우고 잔을 올리고

무고 허신 공 차마 말 못 해
어머님 돌아앉아 눈물 쏟는데
가재비 태우는 꽃불 너머로
그리움만 솔솔 산길 덮는다.

상향尚饗
– 내려가는 길

눈물 끊긴 골을 따라

술병들이 분답고

만가소리 끊긴 자리

허물어진 무덤 하나

사발탁주를 즐겼다는

아버님의 무덤 위로

파란 향불이 몇 개

그리움을 따라갔다

들짐승 날짐승

분답은 자죽 따라

잔설이 몇 개

눈물처럼 젖었는데

눅눅한 한뎃잠이

무에 그리 좋은지

아버님은

그 선한 웃음으로 절을 받는다

푸드득

멧새 하나 날개를 턴다.

선짓국을 먹다가

현풍시장
절룩이는 간이의자에 앉아
선짓국을 먹는다

우루루 오후를 지나가는
낯선 사람들 사이로 아버지
선지 한 덩이를 들고 곡예를 하듯
아슬아슬하게 내게로 건너온다
그것은 지상地上에서 부여받은
가장 경건敬虔한 일
어미 새가 어린 새끼의 부리를
툭툭 치며 일생一生을 가르치듯
아버지 선지 한 덩이 내려놓으시고
그릇의 모서리를 툭툭 몇 번 두드리셨다

세상 모든 것이 귀貴 했던 손
한 번도 무엇을 함부로 하지 못한

그 선한 손이 내가 허기를 천천히
지나갈 때까지 끝끝내 내 앞에 섰다

나는 한술 밥으로 그 길을 서성이며
이 큰 슬픔들이 어디에서 오는가
한참을 생각하였다
지상地上에서 부여받은 가장 바르고
큰 일들을 생각하였다.

안부를 옮기다

칠순의 노모가
구순의 노모에게 눈인사를 건넸다
받은 안부를 되돌려 주려는 듯
구순의 노모가 오물오물 입으로 안부를 가져간다
몸이 무른 애벌레가 걸음을 옮기듯 멀고 험한 길이다
미간을 지나 콧등을 오르다 기우뚱 몸을 흔들었다
먼 길로 돌아가려는 듯 구순의 노모는
눈 밑 깊은 골짜기를 돌아 인중을 건너
입으로 다시 들어섰다
아… 아… 아…
처음 하늘이 열리듯 구순의 노모가
천천히 입을 열며 안부를 내려놓는다
칠순의 노모가 서둘러 안부를 받는다
그래 엄마…
자는 걸음에 사르르 따라가이소
알았다는 듯
괜찮다는 듯
세상 모든 시름을 다 담으려는 듯

구순의 노모는 반쯤 감긴 눈으로
주위에 있는 것들을 살뜰히 주워 담았다
칠순의 노모가 이승에서 올리는 마지막 안부를
물 한 모금 오물오물 드시며 저녁상을 물리듯
어둠 저편으로 사르르 밀어 놓으시고는
반쯤 감긴 눈을 천천히 닫으셨다.

찬밥

낯설고 물 설은 읍내 공단에
김치공장 들어서던 날
어머니 망설임 없이
그 고운 새벽을 팔았다
식은 아궁이 잿빛 살가움 속에
우릴 위해 몇 토막의 장작을 던져 넣고서
깡 하고 울음 우는
찬 그릇 찬 물 속에
몇 덩이의 찬밥으로
새벽 허기를 말아 넣었다
손끝까지 차오르는 보랏빛 시려움에
먼 데 하늘 한번 짚으셨지만
끝내 낯설어도 낯설다 말하지 않으셨다

새벽은 강철보다 강한 소리로
깡 하고 울고 있었다
옷깃 한 번 여며보지 못하고

그 속을 뚫는 어머니 머리 위로
굵은 별똥 하나 툭 하고 떨어졌다

티티새의 새벽편지

새벽일을 마치고 아내가
종종걸음으로 돌아왔다
시린 발목 언저리에는 온기가 몇 개
바알간 얼룩으로 남아있었다
아내는 얼룩으로 남은 온기들을 툭툭 털어내며
집 안 구석구석을 돌아다니고 있었다
잠시 아이들의 머리맡에 앉았다가
포르르 내게로 날아오는 한 마리의 티티새
티티새는 가벼운 걸음으로 내게 다가와
가슴 끝까지 온기를 당겨 놓고서는
또 어딘가로 포르르 날아갔다
밤새 물고 온 것들을 여기저기 내려놓기도 하고
우리들의 일용할 양식이 될 한 움큼의 온기들을
머리맡에서 조금씩 나누기도 하였다
산다는 것이 모두 그렇게 흩어진
감정의 조각들을 내 마음 바깥에서 마주해야 하는 것
오늘은 그 조각들 사이로 어스름 달빛이 부서지는데

티티새는 아이들이 챙겨놓은 가방을 열어보면서

어두운 벽에 스르르 몸을 기대앉았다

몇 가지 삶의 경중輕重을 순서대로 맞추며

파란 달빛 아래에서 사각사각 무엇을 적고 있었다

나는 또 티티새가 어디로 날아가는지 한참을 지켜보다

우리가 건너지 못하는 그 슬픔들이 두려워

천천히 몸을 돌려 모로 누웠다.

고요가 찾아왔다

한 무리의 슬픔이
우르르 나를 지나갔다
뽀얀 먼지처럼 슬픔이
천천히 가라앉고
오늘은
네가 지나간 길을 따라
고요가 나를 찾아왔다.

푸른 이파리로 쓰는 바람의 가계도

조연향 | 시인 · 문학박사

1. 거울

우리 내면에는 각자 거울이 하나씩 숨겨져 있다, 그것은 사랑의 거울일 수도 있고, 반성과 참회의 거울일 수도 있다. 인류 최초의 거울은 계곡이나 호수가 거울의 용도로 쓰였을 것이다, 우연히 반사의 원리를 알아낸 인류는 거울을 만들어서 외모를 들여다보게 되었으리라. 그것은 외연을 비추어보는 거울이었다면, 일찍이 인간은 자신의 영혼과 마주하듯, 내면의 거울과 마주하면서 양심적인 삶을 영위하려고 노력해 오지 않았을까,

박성우 시인 역시 내면의 거울을 쉼 없이 닦고, 들여다보면서 살아왔고 또 앞으로의 삶도 그런 자세로 살아가리라 본다. 즉, 자신 외부를 둘러싼 시·공간, 그리고 가족과 친구, 지인들과의 관계를 통해서 참사랑을 확인하고 항상 스스로를 되돌아보는 삶을 지향하고 있다. 그런 의미에서 그에게 시는 오랫동안 다져온 진실한 삶의 기록물이라고 할 수 있겠다.

「맹자의 인생론」이라는 그의 시에서 "내 삶을 쓸쓸히 돌아보며 이웃나라의 맹자를 생각하였다. 生을 사는 데에는 세 가지 즐거움이 있다는데 부모 형제가 무탈한 것과 하늘을 우르러 부끄럼 없는 것과 천하의 인재를 얻는 것"이라는 맹자의 군자삼락을

인용하고 있다. 이렇듯이 그의 시는 유가적이고 불교적인 사상에
바탕을 이루고 있다고 해도 과언이 아니다. 한낮 시를 쓰면서 소
시민으로서 살아가는데 있어서 성인들의 가르침은 생의 지침이
되지 않았을까 싶다. 산업화로 인해 삶의 환경이 가파르게 변화
해가고 가족해체가 주를 이루어 가고 있는 지금, 여기의 처지에
서, 가족의 의미가 무엇인지, 공동체적인 삶에 기인하는 인간 사
랑에 대한 참다운 삶의 자세가 어떤 것인지, 이런 근본적인 질문
과 함께 읽는 이로 하여금 작금의 삶을 반성케 하는 측면에서 박
성우의 시는 소중한 덕목을 지니고 있다고 할 수 있다. 아래 시
「눈부처」를 통해서 나 아닌 또 다른 눈에 비친 눈 속에서 자신
의 존재를 발견한다.

> 어디 가지 않고 당신 안에서
> 반짝이는 눈부처가 되렵니다
> 그렇게 윤슬처럼 반짝이며
> 평생을 당신 안에서 살렵니다
> 눈부처
> 그것은 당신 안에
> 제가 있다는 증거지요
> 피할 수 없는 증거지요
> 외로운 날
> 눈물 스윽 닦아주는
> 힘든 날 으샤으샤
> 구령을 붙여주는
> 당신에게 가고 있는
> 내 걸음의 크기지요
>
> — 「눈부처」 부분

눈부처의 정확한 뜻은 눈동자에 비추어 나타난 사람의 형상이

다. 시인은 진실한 눈부처를 자처한다 "저는 당신의 눈부처가 되렵니다"라고 하고 있는데 당신은 누구인지 구체적이지는 않지만, 가까이 당겨 앉아서 바라본 대상 즉, 사랑하는 사람을 포함한 모든 타자인 것이다. "어디 가지 않고 당신 안에서", "평생을 당신 안에서 살렵니다"라고 다짐과 함께 다른 이의 눈동자를 통해서 스스로의 존재 의미를 확인한다. 뿐만 아니라, "힘든 날 으샤으샤 구령을 붙여주"면서 힘을 나누어주는 사랑으로 "당신 안에 있다는 증거"를 또렷하게 드러낸다. 이러한 면에서 시인은 자아와 타자와의 경계가 없는 自他一如의 마음 자세를 이미 갖추고 있었던 것 같다. 그래서 박성우 시의 모든 대상들은 타인의 눈부처에 비친 자신의 모습에 다름 아니며, 그렇게 시적 주제와 대상들은 自他不二의 의미 속에 녹아있다.

거울에 비스듬히 기댄 불빛을 따라
이리저리 머리를 말리던 순간이었다
하얀 난닝구를 입은
아버지가 그곳에 있다
가늘어진 팔을 가지런히 모으고
중년의 아버지께서 다녀가셨다
지천명이 다 된
내 나이를 세다 문득
아버지의 나이를 천천히 짚어 보는데
마른 가지처럼 가는 손으로 스윽
내 머리를 가지런히 빗어주셨다
그리고 괜찮다는 듯
다 괜찮다는 듯
내 어깨를 툭툭 다독여주셨다

— 「누가 다녀가셨다」 부분

그가 어느 날 아침 출근 준비를 하는 중, 거울을 들여다보다가 거울 속에서 아버지를 만난다. 사실 거울 속에는 아무것도 없다. 내가 그 앞에 마주하지 않으면 거울은 그냥 의미 없는 풍경에 속해 있고, 또한 거울은 움직임 없는 즉 생명 없는 사물을 품고 있는 사물에 불과하다. 내가 그 앞에 섰을 때 거울은 나의 모습으로 현현하는 것이다, 거울 속에서 내 모습이 그리운 아버지의 모습으로 화하는 순간이다. 시인의 내면 무의식에는 "마른 가지처럼 가는 손으로" 힘이 없는 상태의 존재로 묘사되지만, "다 괜찮다는 듯/ 내 어깨를 툭툭 다독여주셨다"에서 보듯 아버지는 삶에 지친 나의 어깨를 다독이며 뒤에서 힘을 실어주시는 지극한 분이다, 그는 아버지의 분신이듯이, 아버지와 시인은 둘이 아니라, 一如임을 느끼는 상태이다. 현 박성우의 현재 삶에 있어서 아버지뿐만 아니라, 어머니의 삶에 대해서도 지극한 연민의 맘을 가지고 있다, 읍내공장 새로 들어 선 김치공장에 나가시는 어머니 모습을 그린 시 「찬밥」에서 "한 그릇 찬물 속에 몇 덩이 찬밥으로 새벽 허기를 말아" 드시고 "어머니 그 고운 새벽을 팔았다"고 회상한다. 이렇듯 그의 부모의 삶이 거울처럼 그를 얼비춰 주고 있다. 또한 그런 의식은 자신의 후대로 이어져간다 '마른 시누대처럼 찬 겨울 속에서도' 살아 갈 수 있는 이유는 "날 닮은 두 아이가 나를 더 닮아가는 모습을 물끄러미 지켜볼 수 있기 때문이다"라고 하듯이 아이와 교감을 나누는 것은 사랑의 참 의미를 깨닫는 순간이며, 거울에 비춰보듯이 존재의 참 의미를 확인하는 순간이다. 특히 그런 체험은 매우 구체적으로 詩 속에서 그려진다.

2. 시누대

마른 시누대가 바람에 서걱이듯
아이는 총총걸음으로 내게로 와
내 몸에 제 몸을 스르르 누이며
파란 새순같이 무른 두 발을
마른 내 무릎 사이로 넣으며 뿌리를 내렸다
뿌리와 몸이 멀지 않아 서로의 온기가 따스했다
순간 나는 쪽빛에서 나와
그 푸르름을 잃지 않는
세상의 모든 것들에게
살며시 입맞춤을 해주고 싶었다

— 「마른 시누대처럼」 부분

아들과 서로 몸의 온기를 나누면서 혈육의 의미를 더 크게 확장시키고, 자신의 분신인 아이에게 생명에 대한 무한한 신비함을 느낀다. 분신은 자신의 거울과도 같은 것이다. 마치 거울 속에서 아버지를 발견하듯 자신을 닮은 아이를 보면서 살아가야 하는 지금 현시점에서 삶의 필연성과 당위성을 깨닫는다.

우리는 삶의 당위성 앞에서 끝없는 질문과 마주하게 되고, 삶의 근원적인 해답을 찾아서 떠도는 것이다. 이렇게 시를 쓰는 행위는 세계와 언어 사이에서 구도의 길을 찾아 나서는 구도자와도 같고 구도점을 향해 정진하는 수행자의 모습과 같지 않을까. 또한 박성우의 시 창작행위는 어쩌면 사물과 모든 풍경과 생명이라는 대상에 자신의 의식을 녹여내야 하는, 즉 수행의 과정이 아닌가 싶다.

"순간 나는 쪽빛에서 나와/ 그 푸르름을 잃지 않는/ 세상의 모든 것들에게/ 살며시 입맞춤을 해주고 싶었다"고 가까이 멀리에 있는 어떤 대상과도 따스히 순수하고 진실한 맘을 나눌 수 있는 마음을 지녔다. 그러나 세상에 모든 것들은 나로부터 시작되

듯이, 내가 이 우주에 속해 있음을, "아이가 총총걸음으로 다가와서" 보여주듯, 사랑으로 충만해질 때 더욱 주위를 돌아볼 수 있는 마음자리가 생기는 것이다. 때로는 아들과 문을 닫아주고 돌아서며 문밖에서 어깨를 떨며 우는 아내를 바라봐야 할 순간도 생의 한 과정이다.

> 문을 닫는다는 것
> 내가 있는 세상과 니가 있는 세상이
> 서로 다른 안과 밖을 갖게 된다는 것
> 우리가 없는 세상에 딸깍
> 너를 홀로 남겨두고 아내가
> 문밖에 서서 어깨를 떨며 운다
> 우리의 일상이 그러하였듯이
> 그저 밥이나 한 술 뜨면서
> 서로의 안녕을 주고받았듯이
> 오늘도 그저 그렇게
> 아무 두려움 없이 저 문을 닫고
> 천천히 돌아설 수밖에
>
> — 「문을 닫는다는 것」 부분

자연의 질서와 흐름 속에서 모든 생명들이 변화하고, 그 변화 속에서 인간의 성장통 또한 거역할 수 없는 시련의 과정인 것이다. 가까이서 살을 부비고 순종하던 아들이 성장하면서, 자신만의 세계에 남아있고 싶어 할 때, 이제껏 보지 못하고 겪지 못했던 상황에 직면한다 "내가 있는 세상과 니가 있는 세상이 서로 다른 안과 밖을 갖게 된다는 것"에서 느끼듯 온전히 자신에게 소속된 생명이라고 믿었던 그 아들이 하나의 독립된 개체로 존재하고 싶다는 것을 인정하게 되는 것이다. 모든 자연이 변화하듯 인간 또

한 그런 변화의 과정을 거치면서 성장해 가게 된다는 것을 그제
야 깨닫게 되는 것이다, "우리가 없는 세상에 딸깍 너를 홀로 남
겨두고" 그렇게 아파하는 아내의 마음을 읽고 자식뿐만 아니라,
아내에게도 똑같은 사랑과 연민의 마음을 갖는다. 어쩔 줄 모르
는 아내와는 달리 아픈 맘을 추스르며 "아무 두려움 없이 저 문을
닫고 천천히 돌아설 수밖에"라고 못내 초연하고 담담한 자세를
취하는 것이다. 이렇듯 가족이라는 공동체 속에서의 개개인은 마
치 시누대처럼 서로가 서로에게 시달리면서 내면의 힘과 사랑을
키워가는 것이 아니던가. 다음 시를 보자.

> 포르르 내게로 날아오는 한 마리의 티티새
> 티티새는 가벼운 걸음으로 내게 다가와
> 가슴 끝까지 온기를 당겨 놓고서는
> 또 어딘가로 포르르 날아갔다
> 밤새 물고 온 것들을 여기저기 내려놓기도 하고
> 우리들의 일용할 양식이 될 한 움큼의 온기들을
> 머리맡에서 조금씩 나누기도 하였다
> 산다는 것이 모두 그렇게 흩어진
> 감정의 조각들을 내 마음 바깥에서 마주해야 하는 것
> 오늘은 그 조각들 사이로 어스름 달빛이 부서지는데
> 티티새는 아이들이 챙겨놓은 가방을 열어보면서
> 어두운 벽에 스르르 몸을 기대앉았다
> — 「티티새의 새벽편지」 부분

한 가정을 온전히 유지하기 위해서는 구성원들의 각자 희생이
따르기 마련이다. 박성우를 통해서 한 마리 '티티새' 삶의 궤적,
즉, 헌신적인 아내 모습을 읽을 수 있다. 티티새는 "밤새 물고 온
것들은 여기저기 내려놓기도 하고", "일용한 양식이 될 한 움큼

온기들을/ 머리맡에서 조금씩 나누기" 위해서는 그 티티새, 밤새 밖에서 얼마나 수고로웠을까, 오히려 바깥세상에서 부대끼면서 돌아온 티티새는 차가운 몸으로 돌아왔을 것이다. 그러나, "가슴 끝까지 온기를 당겨"준다고 하면서 차가움을 따스한 가슴으로 받아들인다. 마음이 따스하게 갖추어져 있지 않다면, 진정한 사랑의 가치를 받아들일 수 없는 것이다. 이렇듯 박성우는 이미 대상을 바라보는 데 있어서, 맑고 투명한 사랑의 눈을 가졌다고 할 수 있다. 세상은 자기가 바라보는데로 다가오고, 자기의 눈으로 만물이 이루어진다는 一切唯心造의 법어를 떠올리게 된다.

이렇게 이 시를 통해서 티티새의 아름다운 삶의 자세를 바라볼 수 있다는 것은 매우 신선하거니와 "산다는 것이 모두 그렇게 흩어진/ 감정의 조각들을 내 마음 바깥에서 마주해야 하는 것"이라며 거울을 마주하듯 마음 바깥에서 움직이는 대상을 통해 시인 자신의 삶을 깊이 성찰하는 시적 인식이 매우 경이롭다.

3. 가계도

고방은 바알간 연탄불로
가을 내내 고추를 말리던 곳인데
자욱한 가스 냄새에 두 눈을 비비며
열두 번도 더 마른 고추를 뒤집고는 했다

어둑어둑하던 고방을 허물던 날
눈이 밝지 않은 지네가
뒤란을 가로질러 어디론가 갔다 한다
온 식구를 데리고
짐을 다 챙기지도 못하고
놀란 걸음으로 급하게

몸만 빠져나갔다 한다
그 식구들은 매운 고방에서 어떻게
그 오랜 시간 숨을 참으며 살았을까

이제 다시는
고방을 열어볼 수 없으리
매캐한 가스 너머로 촘촘하게 쌓여있던
그 층층의 슬픔을 다시는 열어 볼 수 없으리
우루루 뒤란을 지나가던 바람에 쫓겨
고방으로 숨어들었다가
쫓아 오던 바람도
수런거리던 뒤란도
어느새 다 지나가 버리고 후두둑
처마 밑으로 한 무리의 별똥이
요란하게 떨어질 때까지
아무도 찾지 않는 그런 깊은 곳을
이제 다시는 들어가 보지 못하리

- 「고방」 부분

박성우 시인의 시는 대부분 혈연에 대한 지극한 사랑의 확인과
가족공동체적 삶의 의미를 되짚어보는 형식으로 씌여졌다. 변해
버린 삶의 공간, 즉 디지털이 모든 삶을 지배하는 현실 속에서, 저
시간 너머로 사라져 가는 유년의 공간은 매우 각별한 그리움으로
남아있다.

'고방'은 백석의 시에서도 매우 인상적으로 다루어지고 있는데
「마을은 맨천 구신이 돼서」라는 시에서 "나는 뛰쳐나와 얼른
고방으로 숨어버리면 고방에는 또 시렁에는 데석님"에서 보듯
잊어버린 공간을 우리의 의식 속으로 호출한다.

박성우는 특히 대학원에서 백석의 시를 연구한 학도로서 시에

적잖이 영향을 받고 있다. 시적인 소재나 어투에서 그의 시를 의식한 작법이 얼비치기 때문이다. 예를 들어 (생각하였다, 쓸쓸하다) 등 종결어 뿐만 아니라. 어눌한 사투리나 방언의 사용이 빈번한 점이 그러하다. 주제적인 측면에 있어서도 혈연공동체에 대한 인식과 토속적이고, 민속적인 유년의 삶의 공간에 천착하고 있다는 점으로 들 수 있다.

고방은 시인에게는 유적이 아닐 수 없다. 편리함을 추구하는 현대산업사회에서 우리 모두의 고방은 헐려진 지 오래, 마음속 지나간 저 켠의 터전에 불과하다,

어린 날 술래잡기를 하고, 간식거리가 숨겨져 있던 곳, 누구에게나 그런 비밀스런 공간을 품고 있을 것이지만, 그 고방이 시인의 가슴속에는 더 인상적으로 자리잡고 있음을 알 수 있다.

고방이 헐리는 날, 사라진 지네에 대해 안타까운 생각에 이른다 "온 식구를 데리고/ 짐을 다 챙기지도 못하고/ 놀란 걸음으로 급하게 몸만 빠져나갔다 한다"면서도 "그동안 연탄가스에 어떻게 견뎠을까" 눈에 잘 띄지는 않았지만, 그동안 가족들의 주변에서 친밀하게 음습하고도 고통스럽게 살아온 힘없는 생명에게도 연민의 마음을 드러낸다. "이제 다시는 층층의 슬픔을 다시는 열어 볼 수 없으리"라며 아쉬움과 그리움을 노래하고 "우루루 뒤란을 지나가던 바람에 쫓겨 고방으로 숨어들었다가 쫓아오던 바람도 수런거리던 뒤란"은 시간의 저편으로 사라진 "한 무리의 별똥별"을 연상케 한다. 아쉬움과 그리움으로 남아있는 그의 고방은 단순한 소재가 아니라, 시대적인 의미를 지닌 소재이다. 우리에게 선대가 현재 나의 뿌리이듯이 이러한 추억의 공간 또한 의식 내면에 자리하고 있는 뿌리가 아닐 수 없다.인간은 사물을 지각한다.

누가 누구를 낳고 다시 누가 누구를 낳았다는
가나안의 어느 오래된 가계도처럼
우리는 우리의 슬픔이 켜켜이 쌓여있는
그 오래된 가계도를 슬픔의 순서대로
천천히 하나씩 넘겨보았다

나는 가뭄처럼 갈라진 모서리를 열며
우리의 가계도를 천천히 걷어 내었다
순간 가뭄처럼 마른 그 바람벽 안에서
얼굴이 하얗던 어린 동생이
밤새 쿨럭이던 어머니의 잔기침이
이래저래 마냥 두렵기만 하던 옛날의
그 길고 길었던 시간들이 한순간
우리 앞에 우르르 쏟아져 내렸다

          － 「바람벽의 가계도」 일부

 시 「고방」이 음습하고 열악한 살림살이의 공간이지만, 추억과 아름다운 기억으로 남아있듯이 그의 바람벽은 "용달차에 실린 채/ 덜컹이는 냄비소리에 묻혀가던 그날부터/ 바람벽은 그렇게 홀로 남아 그 많은 슬픔들을/ 오늘까지 하나하나 쌓아 왔나 보다"면서, 주인이 떠나가고 없는 곳에서 잔설을 털어내고 잊혀진 시간을 지키며 쓸쓸하고 슬픔의 흔적으로 남아있다는 것을 노래한다. 이럴 때 시인은 그 바람벽에서 이제까지 살아 낸 가계도를 면면히 읽는다. 우리 모두 "두고 왔던 그 바람벽을 아무도 기억하지 못"하지만, 시인은 그 바람벽 모서리 앞에서 아주 오래전부터 이어져 온 시간의 숨결을 떠 올린다. "가뭄 같은 모서리를 열고" 묻혀있는 우리의 가계도를 읽어내는 힘, 이런 시선은 시인만이 가지고 있는 직관의 힘이다. 이런 직관의 힘은 상상력으로 하여 잠자는 풍경과 사물에 내재 되어 있는 생명성을 일깨우는 것이다. "순간 가뭄처럼 그 바람벽 안에서/ 얼굴이 하얗던 어린 동생이/ 밤새 쿨럭이던 어머니의 잔기침이/ 이래저래 마냥 두렵기만 하던 옛날의/ 그 길고 길었던 시간들이 한순간 우리 앞에 우르르 쏟아져 내렸다"고 하듯이 애써 들여다보지 않더라도, 바람벽에서 들려오는 소리는 시간을 훌쩍 넘어서 시인의 눈앞에 펼쳐진다. 안쓰러웠던 동생의 모습과, 어머니의 잔기침이 "그 길고 길었던 한순간"의 기억이 "우르르 쏟아져" 내리는 것이다. 비록 마른 바람벽이지만, 형제, 부모가 살아내었던 기억을 오래 간직하고 있다가 파노라마처럼 생생하게 쏟아내고 있는 순간을 시인은 잘 포착한다. 그런 유적과 유산으로 해서 지난 삶을 되돌아보고 미래의 삶을 더 조화롭게 나아가는데 의미를 찾을 수 있다면, 박성우 시인에게 삶이란, 마치 바람벽처럼 무수한 사건들을 인내하며 하루하루 바람과 맞서듯, 시와 함께 잘 견뎌낼 수 있으리라고 본다.

4. 뿌리

블록 모서리 네모 난 틀 안에서
거두지 못한 인연들이 있다는 듯
뿌리들이 서로의 몸을 붙들고 있다
생을 다하는 그 순간까지 뿌리는
저 두꺼운 외투를 벗지 못하리
한 번도 밖으로 내딛지 못한 뭉툭한 발
걸음걸이도 맞춘 것처럼 모두 가지런하다
물 밖으로 나온 폐선이 천천히
몸을 누이며 세월을 건너가듯
뿌리는 거두지 못한 인연들을

아래로 아래로 깊이 묻어 두고서
봇물처럼 울음을 툭툭 터뜨렸을 것이다
온몸을 흔들며 그리움을 삭혔을 것이다
겨우내 곁을 지키던 이파리들에게
바람이 지나는 길을 물어 다시
파란 이파리로 그 많은 인연을
되돌려 놓았을 것이다.

— 「뿌리에게」 전문

한 그루의 나무를 중심으로 해서 서로의 뿌리들이 얽혀서 힘겹게 숨 쉬고 있음은 마치, 공동체를 이루며 살아가는 사람살이를 연상시키고 있는 것이다. "거두지 못한 인연들이 있다는 듯/ 뿌리들이 서로의 몸을 붙들고" 있듯이 우리 생명이란, 하나의 독립된 개체가 아니라는 점, 서로 애착하면서, 혹은 영향을 주고 받으면서 살아가고 있는지를 시 「뿌리」를 통해서 잘 드러내고 있다.

"생을 다 하는 순간까지 뿌리는/ 저 두꺼운 외투를 벗지 못하리"처럼 우리를 가두고 있는 많은 관습과 운명과 굴곡의 시간들은, 도덕적인 질서와 함께 인내해야 할 삶의 조건인 것이다. "뿌리는 거두지 못한 인연들을/ 보이지 않는 곳까지" 가슴 깊이, "아래로 아래로 깊이 묻어 두고서 봇물처럼 울음을 툭툭 터뜨렸을 것이다" 우리 세상살이가 그러하듯, 푸른 나무 그늘 아래 평화롭게 행복을 만끽하는 순간만 있는 것이 아닐 것이다. 인연과 인연들 사이의 아픔과 고통을 발판으로 해서 한 그루 푸른 나무가 무성하게 자라날 것이지만, 생명이란 이 우주 만물의 순환으로 해서 온전하게 생존할 수 있는 것이므로 모든 개체의 역할을 우리가 주시해야 하는 것이 아닌가 한다. 뿌리는 뿌리의 일 만이 아니라, 푸른 이파리로 해서 바람과 햇살을 받아들일 수 있다는 점에서 "바람이 지나는 길을 물어 다시/ 파란 이파리로 그 많은 인연들을/ 되돌려 놓았을 것이다"면서 인연의 자리라는 것은 자연의 질서 속에서 이루어진다는 것을 다시 강조하고 있다, 이렇게 선한 눈빛으로 뭇 생명의 움직임을 시와 함께 영원히 시인 자신의 길에 진실한 노둣돌을 놓으면서 발전해 가기를 믿는다.

불교문예시인선 • 034

누항사陋巷詞

©박성우, 2020, Printed in Seoul, Korea

초판 1쇄 인쇄 | 2020년 08월 10일
초판 1쇄 발행 | 2020년 08월 15일

지은이 | 박성우
펴낸이 | 문병구
편집인 | 이석정
편 집 | 고미숙
디자인 | 쏠트라인saltline
펴낸곳 | 불교문예출판부

등록번호 | 제312-2005-000016호(2005년 6월 27일)
주   소 | 03656 서울시 서대문구 가좌로 2길 50
전화번호 | 02) 308-9520
전자우편 | bulmoonye@hanmail.net

ISBN : 978-89-97276-46-2(03810)
값 : 10,000원

이 도서의 국립중앙도서관 출판예정도서목록(CIP)은 서지정보유통지원시스템 홈페이지(http://seoji.nl.go.kr)와 국가자료공동목록시스템(http://www.nl.go.kr/kolisnet)에서 이용하실 수 있습니다. (CIP제어번호 : CIP2020032788)